Але ж і хвацьке Поросятко!..
Розвалило королівський палац,
поклало трупом дванадцять лютих розбійників,
стало капітаном піратського корабля...
Ви ще не читали про нього?.. Мама мія!..
Адже «Історія одного Поросятка» — без сумніву,
найкращий у світі «поросячий» бестселер!
Написав його чудовий український
письменник Юрій Винничук,
а ілюстрації створив
натхненний гуцульськими кахлями
неперевершений майстер графіки
Олег Петренко-Заневський.

Юрій Винничук
ІСТОРІЯ ОДНОГО ПОРОСЯТКА

© «А-БА-БА-ГА-ЛА-МА-ГА», 2005

Текст © Юрій Винничук, 2005
Ілюстрації © Олег Петренко-Заневський, 2005
Комп'ютерні чари: Світлана Підопригорина
Редактор: Іван Малкович

«Видавництво Івана Малковича «А-БА-БА-ГА-ЛА-МА-ГА»:
Свідоцтво: серія ДК, № 759 від 2.01.2002
Адреса: 01004, Київ, вул.Басейна, 1/2
Тел/факс: (044) 235 01 05; 234 11 31
E-mail: ivan@ababa.kiev.ua
Поліграфія: «Досконалий друк»

ISBN 966-7047-28-8

Для малят від 2 до 102

ЮРІЙ ВИННИЧУК

ІСТОРІЯ ОДНОГО ПОРОСЯТКА

ХУДОЖНИК ОЛЕГ ПЕТРЕНКО-ЗАНЕВСЬКИЙ

А-БА-БА-ГА-ЛА-МА-ГА
ДИТЯЧЕ ВИДАВНИЦТВО

Було собі одне Поросятко, яке полюбляло мандрувати. Якось покинуло воно свій хлівчик та й подалося в світ. Так забрело Поросятко до королівського палацу.

Спершу на нього ніхто уваги не звернув — мало які тут поросята тиняються.

Але його побачив король.

— Гей, а це що за порося? Де воно тут узялося?!

Сторожа кинулася Поросятко ловити, та де там — воно таке прудке, в руки не дається.

— Стійте! — крикнув король. — Зараз я йому дам!

Узяв король рушницю та й почав цілити в Порося.

Бах! — розлетілося дзеркало в палаці.

Трах! — посипалося вікно.

А Поросятко — без жодної подряпинки.

— Ох ти ж кляте Порося! — вигукнув король. — Ану стріляйте всі в цього приблуду!

Що тут зчинилося!.. Бах! Трах! Бах! — в усьому замку ані вікна, ані вазочки не врятувалося, а Поросятко — без жодної подряпинки.

— Прикотіть сюди гармату! — скомандував король. — Зараз я покажу йому, де раки зимують!

Притягли гармату, зарядили — гу-гуп! гу-гуп! — так усі стіни й повалилися. Увесь королівський палац на руїну перетворився!

Король протер запорошені очі й побачив Поросятко, яке мирно лежало на травичці й усміхалося до нього.

Король підійшов до Поросяти й запитав:

— Скажіть мені, любе моє Поросятко, хто вас наслав на нашу голову, що ви мені цілий палац зруйнували?

— По-перше, не я руйнувало, а ви. А по-друге — ніхто мене не насилав: просто я Поросятко, яке любить мандрувати, — відповіло Порося, показало королеві язика і побігло, весело метляючи хвостиком.

Забігло Поросятко в ліс і натрапило на розбійників. Розбійники оточили його з усіх боків, повиймали пістолі, ножі й почали звужувати коло...

Але Поросятко не злякалося, а сміливо кинулося розбійникам під ноги. У повітрі засвистіли ножі, забахкали пістолі...

А коли дим розвіявся, Поросятко побачило довкола себе мертвих розбійників. Жоден не ворушився. Самі себе постріляли й порубали.

— Так вам і треба, — сказало Поросятко й помандрувало далі.

Дорога привела його до моря. Там побачило воно озброєних матросів.

— Ох, — зітхнуло Поросятко, — я теж хочу в море!

— Чи ви чули? — засміялися матроси. — Порося хоче в море!

— Та ви ще просто не знаєте, з ким маєте справу! — образилося Поросятко. — Я зруйнувало цілий королівський палац і поклало трупом дванадцять лютих розбійників!

— О, та ти козак хоч куди! — похвалили його матроси. — Але й ти не знаєш, з ким маєш справу, бо ми не просто матроси, ми — пірати!

— Та це ж супер! — вигукнуло Порося. — Я все життя мріяло стати піратським отаманом!

— Що? Отаманом? Порося — отаманом?! Ну, це вже занадто! Спочатку ти мусиш стати джурою, тоді матросом, тоді боцманом, і лише після того — отаманом.

— Добре, я згодне, але ви повинні ставитись до мене як до свого товариша. А як ні, то буде з вами те, що й з розбійниками.

Дуже швидко Поросятко довело свою хоробрість. Воно першим кидалося на абордаж, сміливо валило ворога з ніг і зчиняло таку метушню, що піратам робота йшла як по маслу.

Незабаром старого отамана спроваджено на заслужений спочинок, а Порося було обрано на отамана. І так воно вдатно верховодило, що всі пірати нечувано розбагатіли й могли замість одного аж десять кораблів спорядити.

Слава про Поросятко котилася з краю в край. Які лишень королі не запрошували його до себе на службу!

А король французький навіть захотів видати за Поросятко свою дочку. Дочка в плач: «Як? За порося?! О мама мія!..»

— Не за порося, а за адмірала королівського флоту! Коли б він лише згодився, ми б тоді всім нашим ворогам дали такого чосу, що гай-гай!

Не довго думаючи, послав король сватів до нашого Поросяти. Воно їх уважно вислухало й сказало:

— Добре, я згодне. Але в мене є дві умови. Перша: нехай ваша французька королівна поїде на мою ба́тьківщину (а родом я, коли ви знаєте, з самої Коломиї). То ото нехай вона навчиться там балакати по-нашому, бо я по-вашому ані хрю-хрю.

А друге: нехай вона навчиться смажити деруни, бо це в мене найулюбленіша страва. А без цього — весілля не буде!

Нічого робити, поїхала французька королівна до Коломиї
і півроку вчилася там говорити по-гуцульському,
а ще місяць — деруни пекти.

Одне слово, коли приїхало Поросятко до Парижа,
то зустріла його там така чудова панна, аж у нього серце
затьохкало: чобітки в неї червоні, сорочка рантухова,
а що коралів та намиста на шиї — одразу видно, що то
або королівна французька, або дівка з Коломиї.

Та ще як вона піднесла Поросяті повну макітру дерунів
зі сметаною, то наше Порося забуло геть про все на світі...

А далі жили вони собі в Парижі, а Поросятко тільки команди посилало на свої кораблі. Дуже скоро всі вороги французького короля попросили миру.

І тоді Поросятко вирішило навідати свої рідні краї. А треба сказати, що король пресуворо заборонив своїм підданим називати зятя поросям. Та, зрештою, на порося воно тепер не так і скидалося, бо був то вже справжнісінький кабанчик. А ще як воно вбереться по-адміральськи та надіне капелюха з павичевим пір'ям, та шпагу почепить — о-го-го! — мало хто й рівнятися міг з ним за вродою.

Ото як вирушили вони до Коломиї, то їхали через усю Європу, і вся Європа навшпиньки ставала, щоб побачити славного героя, грозу морів та океанів. Усі тільки язиками прицокували:

— Ох, який красень! Які в нього очі! А вуста! А яка мужня постава! Одне слово — герой!

І лише в Коломиї наші дядьки не дали собі в очі наплювати.

— Дивіться, люди добрі, свиню в бричці везуть! — загукали вони.

Тут уже увесь натовп загув:

— Свиню везуть! Свиню!..

Поросятко як теє зачуло, шпагу вихопило та як крикне:

— Ох ви селюки зачухані! Це я — свиня? Самі ви свині! — та як затупає ніжками, та як захрюкає...

Тут Поросятко й прокинулось...

Дивиться, лежить воно в пилюці під тином
і кури його обступили.

— Чого це ти розбушувалося? — спитала одна курка.

— Та так... — позіхнуло Порося. — Наснилася якась
дурня... А що — їсти вже давали?

— Давали, давали, та тільки ніяк не могли тебе
добудитися. Піди покувікай під двері — може,
господиня й винесе щось.

— Піду покувікаю, — погодилось Поросятко,
яке дуже любило мандрувати, але тільки тоді,
коли спало на сонечку.

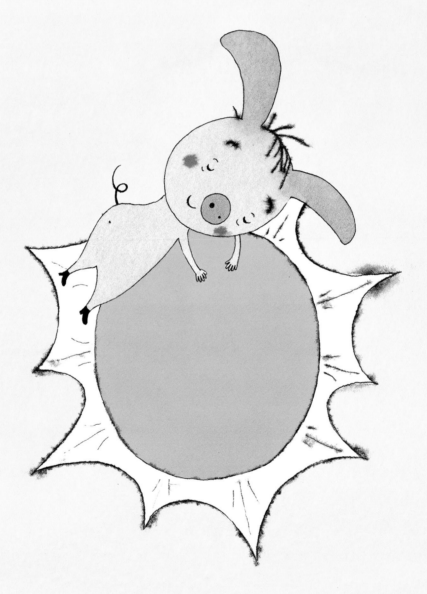

ПІСЕНЬКА ВІД "А-БА-БА-ГА-ЛА-МА-ГИ"

Із мам-це-ю і з тат-ком в крам-нич-ку я за-йшов, і ду-же гар-ну

кни-жеч-ку в крам-нич-ці тій знай-шов. А – БА-БА-ГА-ЛА – МА-ГА пи-

са-лось в кни-зі тій, А – БА-БА-ГА-ЛА – МА-ГУ чи-тай ме-ні мер-щій.

Із мамцею і з татком
в крамничку я зайшов,
і дуже гарну книжечку
в крамничці тій знайшов.

А-БА-БА-ГА-ЛА-МА-ГА
писалось в книзі тій.
А-БА-БА-ГА-ЛА-МА-ГУ
читай мені мерщій!

Читали тую книжечку
мені по вечорах
і баба-галамага,
і дідо-галамаг.

А-БА-БА-ГА-ЛА-МА-ГА
писалось в книзі тій.
А-БА-БА-ГА-ЛА-МА-ГУ
читайте всі мерщій!